JN225394

おはなし日本文化

茶道(さどう)

茶の湯、やってみた！

石崎洋司(いしざきひろし) 作
十々夜(ととや) 絵

講談社

「ごちそうさまぁ！」

ああ、エビフライ定食、おいしかったぁ。もう大満足だよ。

「ママ、デザートはなんにする？　あたしは抹茶アイスにする」

あたしはいま、ママとふたりで秋の京都を旅行中。いまどき、抹茶アイスはどこでも食べられるけど、それでも、なんとなく京都っぽい気分になるもの。

「そうね。エビフライ定食に抹茶はぴったりだわ」

「え？　そんなに、ぴったりでもない気がするけど……」

だって、ごはんとおみそ汁は別にして、特大のエビフライ、アボカドサラダ、キノコのソテーって、おもいっきり洋食だし。

「とんでもない！　一汁三菜のお食事は、まさに茶の湯のためのご飯よ！」

意味不明なことを口にしたママ。こんどは、うっとりした目で、レストランの中を見まわしはじめて。

「むこうにかざってある生け花も茶の湯。お花を生けてある焼き物の器も茶

の湯。そして、窓(まど)の外に広がるお庭も茶の湯！」

いや、たしかに、このレストランのお庭は、大きな岩や植木がたくさんあって、いかにも京都らしい日本庭園だけど……。

「灯籠(とうろう)。飛び石。その先にある茅葺(かやぶ)きの小さな建物。このレストランのすべてに、いいえ、日本のあらゆるところに、茶の湯の『わび』『さび』の世界があるのよ！」

ちょっとママ、だいじょうぶ？

「ひさしぶりに京都に来たら、茶の湯のことを思いだしちゃったのよ。だって、ママ、大学生のとき、茶道部(さどうぶ)に入っていたんだから」

えええ！　それは初耳！

「へえ、そうなんだ……。って、ママ、なんなの、その〝茶の湯〟って」

「うん、あのね！　ええっと、うーんと、そのう……」

あれ？　どうかした？

「忘(わす)れちゃった……」

がくっ。あんまりまじめに部活動をしていなかったみたいね。

「そうだ！　みっちゃんにお願いしてみよう！」

みっちゃん？

「大学時代のお友だちでね、いまは京都でお茶の先生をしているの。みっちゃんなら、順序(じゅんじょ)だてて、上手に話してくれるはず。ようし、行くわよ！」

「ちょっと、いきなりおしかけたら、失礼だよ。とりあえず連絡(れんらく)してみたら？」

あたしが、そういったときにはもう、ママはスマホをタップしていて。

ママって、ほんとにあわただしい人。思いたつと、すぐ行動するタイプなんだから。

とにかく、電話をかけているあいだに、抹茶(まっちゃ)アイスを食べようっと。

それから三十分ぐらいたったころ。

「おこしやす〜！」

あたしたちは、和服姿の女の人にむかえられた。

「ああ、みっちゃん、ひさしぶりぃ！」

「かおるちゃんも、元気そうでよかったわぁ！」

ママたち、肩をたたきあいながら、ぴょんぴょん、ジャンプしてる。

そのあいだに、あたしはまわりをきょろきょろ。

ここは、お店がならぶにぎやかな表通りから、道を一本入っただけの細い路地。なのに、めっちゃ静か。ママのお友だちのお家も、格子戸の門の前に水をまいてあったり、木の塀のむこうに、手入れの行き届いた植木がのぞいてたりして、とっても上品。

「それにしても、みっちゃん、さすがはお茶の先生ね。和服の着こなしがすてき！」

たしかに。和服のことなんかぜんぜんわからないけど、草色の着物に金色の帯が高級だってことは、ひとめでわかる。

「たまたまよ。今日は『口切りの茶事』があったから」

「口切りの茶事？」

思わず口にしたあたしに、ママのお友だちのみっちゃん、にっこり。

「そうそう、今日は茶の湯のことを学びたくて、お見えになったのよね。わたしの名前は山口美智子。みっちゃん先生って呼んでください」

「あたしは石田美咲、小四です。よろしくお願いします」

「こちらこそ。さあ、門の中に入って」

さそわれるままに門をくぐると、目の前に現れたのは、広いお庭と大きなお屋敷。

みっちゃん先生の家って、やっぱりかなりのお金持ちみたいだね。あたし、セレブなところなんて行ったことないから、楽しみなような、緊張するような……。

ところが、みっちゃん先生、お屋敷にはむかわず、その横の細い道を通って、奥へ進んでいく。すると、お屋敷の裏に、またお庭が出現！

たくさんの植木に、苔におおわれた地面。その奥には、竹で作った垣根と、茅葺きの小さなお家。まるで山奥の村に来たみたい。

「美咲、見て。レストランの日本庭園と同じ、飛び石と灯籠があるわよ」

「ほんとだ。大きくてひらべったい石が、垣根と茅葺きのお家のほうへ続いてるね」

すると、みっちゃん先生がすぐに教えてくれた。

「飛び石は茶室への道しるべなの。この石を伝っていった先が茶室の入り口なのよ」

それじゃあ、あの茅葺きの小さな家が茶室なんだ。

「夜に開かれる茶会のときは、灯籠で足もとの飛び石を照らすのよ」

もともと灯籠は仏さまのために灯すもので、明かりとして外に置くものじゃなかったんだって。つまり日本庭園でおなじみの飛び石も灯籠も、茶の湯によってうまれたんだって。

「茶室の前のお庭は『露地』っていいます。名前の由来は、外の通りから茶室までの細道、つまり『路地』。でも、茶の湯ではただの通路じゃないの。日常から離れ、身も心も清めて、茶の湯の席につく準備の場。だから飛び石にも意味があるのよ」

みっちゃん先生は、茶室へ続いていく石の列を指さした。

「飛び石のひとつひとつは、山を表しているの。つまり、茶室は、峠をいくつもこえていかなければならない、神聖な場所だってことなのね」

「みっちゃん。あのベンチ、なんていうんだっけ？　屋根のついたバス停みたいなやつ」

ママ、はずかしいこと、いわないで。神聖な場所にバス停なんかあるわけ

ないでしょ。

っていうか、ママ、ほんとに茶道部だったの？

「『腰掛待合』よ。お茶会を開く人を『亭主』っていうんだけど、その人が『準備できましたよ』って、合図を送ってくれるまで、お客はここで待つの」

みっちゃん先生、えらいな。笑いもせず、まじめに答えてる。

「それじゃあ、この待合で、さっきの口切りの茶事の説明をしましょう」

あたしたちは、ベンチみたいな腰かけにすわった。

「まず日本茶には、大きく分けて煎茶と抹茶があります」

ペットボトルのお茶もふくめて、ふつうお茶といえば『煎茶』のこと。急須に茶葉を入れて、お湯を注いで、お茶を〝抽出〟する。これを『お茶を淹れる』っていうそうで。

「美咲ちゃんは、急須に入れる前の煎茶を見たことがあるかしら？」

「あります。緑色で、針みたいに細いですよね」

「そう。あの緑はね、お茶の葉を摘んだらすぐに蒸すからなの。お茶の葉を蒸さずに発酵させると黒っぽくなり、烏龍茶や紅茶になっていくのよ」

えっ？　緑茶も烏龍茶も紅茶も、同じお茶の葉っぱからできるの？

「細かくいえば、緑茶にむいた木、紅茶にむいた木と、種類はあるけれど、植物学的には同じ〝チャノキ〟。実際、緑茶用の葉で作った日本産の紅茶もあるのよ」

そうなんだ。あたしは紅茶の木っていうのが別にあるのかと思ってた。

「で、話をもどすと、蒸したお茶の葉は、そのあとまたすぐに機械や手で揉んで、あの細いお茶になる。だから、その年最初に摘んだ葉で作られたお茶＝一番茶（新茶）は、お茶の葉を収穫しはじめる五月ごろに出まわるわけ」

なるほど。

「一方、茶の湯に使うのは粉の『抹茶』。茶わんに入れて、お湯に溶かして飲む。煎茶の『淹れる』に対して、抹茶は『点てる』っていうし、作り方もちがうの」

春に摘みとったお茶を、すぐに蒸すところまでは同じ。でも、そのあと揉まず、乾燥させせたら半年間保管しておき、それから石臼や機械で粉にするんだって。

「つまり、抹茶の新茶の季節はいま、十一月。そこで、新茶をつめた茶壺の封を切る＝『口切り』をしてお茶を点てる『口切りの茶事』が行われるの」

さらに、十一月からは茶室の炉を使いはじめるので、『炉開き』という行事もある。それで、茶道の十一月は、クリスマスとお正月をミックスしたような、大切な時期なんだそうで。

「だから、身だしなみもきちんとしなくちゃいけないだけで、いつもこんなかっこうしているわけじゃないのよ。さあ、それでは茶室にご案内するわ」

みっちゃん先生は、垣根についた小さな門を開いて、中へ入った。

「この門は『中門』、竹を組んでひし形の網目にしあげたこの形を『枝折戸』といいます」

へぇ！　ほんとになんにでも名前がついてるんだね。

「みっちゃん先生、あの丸い石はなんですか？」

石のまんなかがくぼんで、水がたまってる。横にはひしゃくが置いてあるけど。

「あれは蹲踞。茶室に入る前に、手を洗い、口をすすいで、身を清めるためのものよ」

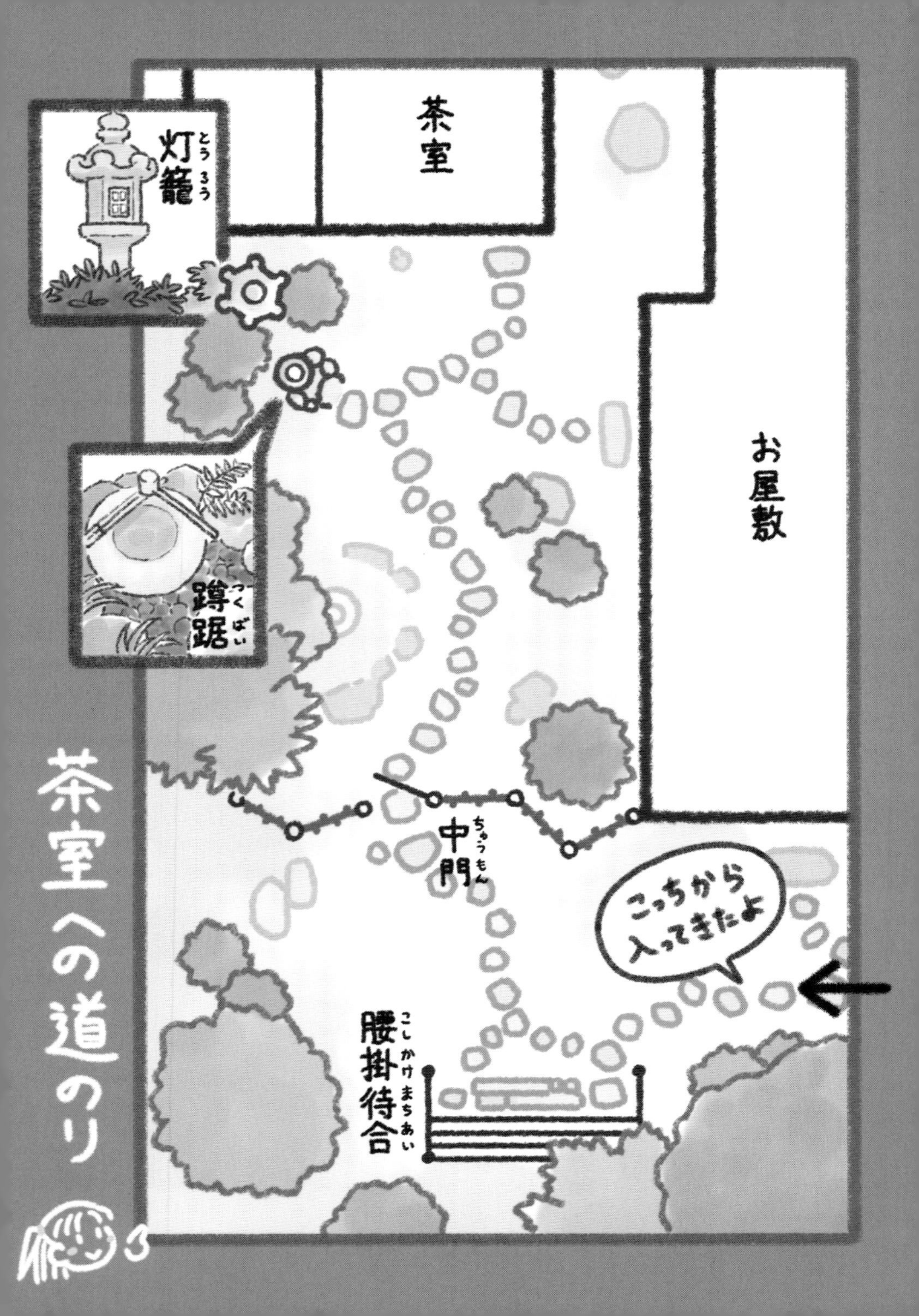
茶室への道のり
茶室
灯籠（とうろう）
蹲踞（つくばい）
お屋敷
中門（ちゅうもん）
腰掛待合（こしかけまちあい）
こっちから入ってきたよ

さすが茶室は神聖な場所。まるで神社みたい。

「それじゃあ、いよいよ茶室へ入りましょう」

はいはい……。あれ？　でも、どこから入るの？

飛び石の終点は、茶室の入り口のはずなのに、そこにあるのは、ただの壁。

「入るのはここからよ」

みっちゃん先生が、壁に手をかけた。と思ったら、横へすーっとひいていく。そして、そこに現れたのは、小さな四角い穴。

え、そこ、戸になっていたの？　たしかに、そこだけ壁の色がちがっていたけど。

大きな声じゃいえないけど、これ、神社っていうより、忍者屋敷に似てない？

「この窓のような入り口を『にじり口』といいます。大きさは、高さが約六十六センチメートル、幅は約六十三センチメートルしかないのよ」

『にじる』は、すわったまま、少しずつひざを使って前に進むこと。その言葉のとおり、茶室に入る人は、ここで履物をぬいで、頭をさげてもぐりこむしかない。

そんなめんどくさい入り口を茶室に取り入れたのは、千利休という、いまの茶の湯のもとを作った人なんだって。

千利休が生きたのは、織田信長や豊臣秀吉が活躍していた戦国時代から安土桃山時代にかけてで、武士たちは身分のちがいにうるさかったそう。

「でも、利休は、茶室ではだれもが平等だってことを表そうとした。そのための工夫が、この小さな入り口だったの。だって、にじり口から茶室に入るには、どんなに身分が高い人でも、刀をはずし、頭をさげなければならないでしょう？」

なるほどねぇ。

「というわけで、さあ、靴をぬぎ、頭をさげて、お入りください」

ようしっ。うわっ。
頭をぶつけそう。
これは茶室へ入るというより、
もぐりこむって感じ。
で、中に入って、最初に心にうかんだ言葉は……。
くっら！　それに、せっま！
だって、障子窓がひとつあるだけだし、広さもぴったり四畳半。
「そうでしょ？　せまいでしょ。でも、これはわざとなのよ」
またまたみっちゃん先生は、あたしの心をのぞいたみたいにいった。

「茶室には、こういう四畳半以下の『小間』あるいは『草庵』と呼ばれるものと、それ以上の広さの『広間』あるいは『書院』と呼ばれるもののふたつがあるんだけど……」

戦国時代がはじまる前は、明るくて広い書院でお茶会が開かれることが多かったけれど、千利休が現れるころから、こういう草庵のスタイルが広まっていったんだって。

「秀吉の命令で千利休が最初に造った茶室は、たったの二畳だったそうよ」

二畳って、畳が二枚！　それはせますぎるでしょ！

「でも、戦いに明け暮れていた戦国武将たちにとっては、武器も持たず、肩をよせあってお茶を飲むことで、ほっとできる場所だったんだと思うわ。なかには、密談に便利だったから、っていう人もいるけれど……」

「密談って、秘密のひそひそ話ってことですか？」

「次の戦いでは味方になってくれとか、仲間をうらぎってくれ、とかね。お

たがいの距離が近ければ、自然と声をひそめることになるので、情報がもれることもないでしょう？」

そうね。忍者が耳をそばだてていても、聞こえないだろうな。

「でも、千利休の目的はそんなことではなかったはずよ。ごたごたした世の中とは別世界の、野山のような素朴な場所を作りたかったんだと思うわ。そこで、身分のちがいもなしに、静かにお茶をいただくことで、心が清らかになるようなところをね」

「それが、『わび』『さび』ってことな

のよね」

急にママが口をはさんできた。

「ママ、レストランでも、そんなこといってたけど、なんなの？」

そうしたら、ママより先に、みっちゃん先生が口を開いて。

「日本の伝統文化の特徴を表す言葉のひとつよ。たとえば、こういう茶室でお茶を点てて、いただくことを『侘び茶』といったりね」

うーん、よくわかんないなぁ。

「たしかに、ひとことで言い表すのはむずかしいわね。でも『侘び茶』のために、千利休が茶室にほどこした、いろいろな工夫を説明するので、そこから感じとってみて」

そういってみっちゃん先生は、部屋の奥を指さした。

「まず最初は、あそこ。茶室の奥の一か所だけ壁がひっこんでいるでしょ？」

あ、ほんとだ。そこにお花が置いてあって、壁には掛け軸がかかってる。

「あれは『床』。室町時代にはじまった書院造りという建て方のなかで、うまれたものよ」

書院造りっていうのは、おおざっぱにいうと、わたしたちがいま〝和風住宅〟とか〝和室〟っていっているものの、もとになったものなんだって。

「だから、いまでも和室に、床の間が作られている家は多いと思うわ」

そういえば、田舎のおじいちゃんの家の和室にもあったっけ。ここと同じように、花びんとか、掛け軸をかざってたなぁ。

「室町時代も同じよ。床には、絵とか置物などの、豪華で高価な美術品をかざったの。中国から輸入した陶器などは、特に『唐物』と呼ばれて、自分にいかに権力やお金があるのかを見せびらかすために使われたわ」

はいはい、いまでも、海外のブランドもので見栄をはる大人がたくさんいまーす。

「でも、利休はそういうことを、きらったの」

いま『床』にかざられているのは、小さな白いお花が一輪だけ。

「あれは白玉椿。それを『投げ入れ』といって、自然の中で咲いているかのように生けるの。それも高価な花びんじゃなくて、そのへんの竹を切って作ったような花入れにね」

ほんと、とてもきれいでかわいいのに、派手なところがぜんぜんない。

「いまは『床』に掛け軸もかけているけれど、利休のころはお花だけのことが多かったそうよ。ただし、お花ならなんでもいいってわけじゃなくて、細かいルールがあるわ」

基本は、野草のような素朴な美しさと、はっきりとした季節感のある植物。『同じ花には二度と会えないように、お茶の席での出会いも一期一会』。そういう精神をつたえるお花選びをしなくちゃいけないってことなのよ」

なるほど。さりげないようでいて、そのうらには細かい心づかいがあるってことか。

「では、工夫その二。天井を見て、なにか気づきませんか？」

天井？　あ、高さがちがう。みっちゃん先生の頭の上は天井が低いけど、ママとあたしの上は高くなってる。あと、模様もちがうね。

「そのとおり。どうしてこうなっているかというとね……」

むかしは、身分の高い人は一段高いところに座るものだった。でも、せまいお茶室ではすわる場所を高くできない。そこで天井で差をつけたんだって。

「お茶を点てる主人＝亭主の上の天井は低くしたうえ、藁など粗末な材料で作る。反対に、お客さまのほうの天井は高くして、竹などで編んだ『網代』

で作る。そうやって、お客さまを格上にしてさしあげるわけ」

こうすると、たとえ天下を統一した豊臣秀吉でも、茶室で家来にお茶を点てるときは、家来より格下、つまり身分のちがいもなくなるってことらしい。

そこでママがあたしの顔をのぞきこんできて。

「というわけで、美咲、茶の湯がどんなものか、わかった？」

うーん、そういわれても……。

「かおるちゃん、まだお茶も飲んでいないんだもの、わかりようがないわよ」

みっちゃん先生、助けてくれてありがとう。

「茶の湯がどんなふうにして生まれたか、あとでお茶の歴史をお話しするなかで説明してあげます。でも、まずは実際に茶の湯を体験していただかないとね！」

「それじゃあ、美咲、正座をしなさい」

茶室の内部
にじり口

ああ、正座(せいざ)かぁ。できるかなぁ。足がしびれて、動けなくなったらどうしよう。

あたしが、こまっていると、みっちゃん先生が笑いながら。

「たしかに茶道(さどう)は正座(せいざ)をすることになっているけれど、〝絶対(ぜったい)〟じゃないのよ。実際(じっさい)、肖像画(しょうぞうが)の千利休(せんのりきゅう)は、あぐらをかいているし、戦国武将(ぶしょう)たちもそうだったはずよ」

そうなんだ！

「いつから、なぜ正座(せいざ)をするようになったのかについてはいろいろ説があるの。わかっているのは、三百年くらいしかたってないらしいってこと。無理そうなら横座(よこずわ)りでいいのよ」

はい。でも、お茶の席は初めてだし、今日はとりあえず正座(せいざ)に挑戦(ちょうせん)してみまーす。

「それではまず、これを美咲ちゃんにプレゼントします」

みっちゃん先生は、あたしに小さなポーチみたいなものをくれた。ピンク地に桜のお花がいっぱいついて、とってもすてきだけど、これはいったいなに？

「『帛紗ばさみ』よ。中に、お茶会に必要なものが入っているから、開けてみて」

いわれたとおり、ふたをパカッと開けると、中から出てきたのは五つ。

みっちゃん先生によると、その名前と使い道は次のようなものらしく。

・**扇子**　茶室に入るときや席に着いたとき、これを前に置いてから、おじぎをする。男性と女性で大きさが少しちがって、男性は約十八センチメートル、女性は約十五センチメートル。

・**懐紙**　お菓子を食べるとき、お皿がわりにする。

・**楊枝**　お菓子を食べるとき、これで小さく切って食べる。もともと『黒文字』っていう黒っぽい木をけずって作られたことから、茶道では『黒文字』

※裏千家では、道具を見るときに古帛紗という小さな布を使うことがありますが、今回、美咲は使いませんでした

ともよぶ。
・**楊枝入れ**　楊枝（黒文字）を入れておくもの。
・**帛紗**　お茶を点てるとき、道具をふくのに使う布。お茶をいただく客も持つことになっていて、ふつう、男性は紫、女性は赤いものを使う。

「使い方は、そのときになったら教えますね。それじゃあ、はじめましょうか。あ、そうそう、ここでのお茶会は裏千家の流儀で行うこと、あらかじめお断りしておきます」

ウラセンケ？　なに、それ？

「茶道の流派のひとつよ。それについても、あとでちゃんと説明するので安心して。もうひとつ、お茶会のあいだは、基本的におしゃべりは禁止。飲み終わったあとも、話題は茶の湯に関係することだけにしなさいって、千利休もいっているわ」

お茶室は日常から離れた場所。お茶会は心を清らかにするものだもの。当然だね。

「でも今日は特別よ。聞きたいことがあったら、いつでも質問して。亭主にもそういってあるから」

そういってある？　え？　みっちゃん先生がお茶を点てるんじゃないの？

と、そのとき。すーっと、音もなく奥の壁の一部が開いた。

そこ、戸だったの？　なんか、白くて四角いものがあるなって思ってはいたんだけど。

やっぱり、ここって、忍者屋敷……。

「あそこは茶道口といって、亭主が出入りするところ。奥は『水屋』という、お茶を点てる準備のための部屋になっているのよ」

へえ〜。って、待って。茶道口に正座している人、男の人だよ。茶色っぽい着物に袴姿だけど、よく見れば、かなり若い人……。

「あら、もしかして、剛くん？」

「え？　ママ、知ってるの？」

「みっちゃんの息子さんなら、赤ちゃんのときから知ってるわ。それにしても、りっぱになったわねぇ。いま、おいくつ？」

そうしたら、袴姿の剛くん、ひきしまった表情でママを見つめて。

「中一になりました。今日は、母からみなさんのために茶を点てるようにといわれましたので、どうぞよろしくお願いします」

うっそ……。中一とは思えないくらい、りっぱなんですけど。ママもびっくりしたのか、ぽかーん。そんなあたしたちを、みっちゃん先生はおかしそ

うに見ている。
その剛くん、床に両手をそろえて深々とおじぎ。それから右がわに置いてあった大きな壺を、両手の指をそろえて持ちあげ、すっと立ちあがると、しずしずとお茶室へ入ってくる。
「手に持っているのは『水指』といって、中にお水が入っています。茶釜へ水をたしたり茶わんや茶筅などの道具を清めるために使います」
みっちゃん先生の解説のあいだに、剛くんは小さな囲炉裏みたいなところまで進むと、そこでひざをついて、水指を置いた。

囲炉裏にはこげ茶色の金属のお釜がかけてあって、湯気が細くあがってる。

「あれは囲炉裏ではなくて『炉』といいます。ちがいは、囲炉裏は一年中あるのに対して、茶室の『炉』は、だいたい十一月から四月までしか使わない点。なぜか、わかる？」

「暑いから？　って、そんなかんたんな答えじゃないですよね……」

「大正解！」

え？　ほんとに？

「歴史的に、炉は暖房用具。だから熱が強い炭しか燃やさないの。一方、囲炉裏は食物の煮炊きにも使うから炭以外に薪や木の葉など、燃えるものならなんでも燃やすわ」

なるほど。暖房用具なら、夏はしまうよね。

「炉を閉じている期間は、『風炉』っていう、持ち運びができる炉があるの。

灰と炭を入れる部分と、空気の取り入れ口があってね、その上にお釜をのせて、お湯をわかすのよ」

いまでは、火を使わない、電気の風炉もあるらしい。

「火事の心配がないなら、うちみたいなマンションでも、安心してお茶会が開けるね」

ママ、もしかして、茶道をまたはじめる気になってる？

あたしが驚いているあいだに、いったん水屋にさがった剛くん、こんどは左手に茶わん、右手になにか小さくて黒い入れ物を持って現れた。

「右手に持っているのは『棗』。中にお抹茶が入っています。左手の茶わんには、抹茶をすくうスプーンの役目をする『茶杓』と、抹茶を入れたお湯をかきまわす『茶筅』も入ってます」

へえ、セットで持ってくるわけだ。で、いよいよお茶を点てるのかな？

ところが剛くん、また水屋に逆もどり。で、こんどは、左手にひしゃくをのせた大きな器を持って入ってきた。

「あれは『建水』。お湯や水を捨てるための器よ」

茶道口から入った剛くん、こんどはその場で、あたしたちに背をむけて、腰をおろした。建水とひしゃくを畳の上に置き、音もたてず、すーっと茶道口の戸を閉める。で、また左手で建水とひしゃくを持って立ちあがり、炉に向かっていく。

そして、炉の前で正座をした剛くん、ひしゃくを手にとり、体の前で立てるようにしてかまえた。次に右手で

建水の中から、短い竹の筒をとりだして、畳に置いた。
「あれは『蓋置』。釜のふたや、ひしゃくを置く台よ。台が竹でできているときは、コツンと音をたてて、ひしゃくを置くのが作法なの」

コツン。

ふふふ、小さな音だけど、なんかかわいくて、心地いいね。で、次は？と思ったら、剛くん、正座したまま、目をつぶっちゃったよ。
「お点前、あ、お茶を点てる作法のことね、をはじめる前に、呼吸をととのえているの。心を静かにするためにね」

やがて、目を開いた剛くん、茶わんをとってひざの前へ置き、次に棗をとって、ひざと茶わんの中間に置く。それから、左の腰にはさんでいた紫色の布をとると、両手で折りたたみはじめたんだけど、その折り方や手の使い方が、なんともふしぎで。

三角に開いた布を、いったんたてにして、左手できゅっとしぼるようなしぐさで折りたたみ、さらに何重にも折り重ねていく。

「あの布が帛紗よ。あのたたみ方を『さばく』といってね、ちょっと練習が必要だけど、なんとも茶道らしいしぐさが、わたしは好きよ」

その帛紗で、剛くんは棗をふきはじめた。まず、ふたのふちを『こ』の字を描くようになで、そのあとは帛紗を広げて、ふた全体をぬぐうようにふいていく。

「こんどは、茶杓をふきます」

みっちゃん先生のいうとおり、剛くんは、あらためて帛紗を『さばく』と、茶杓のスプーンの部分を前にむけてから、持ち手のあたりと、スプーンの部分を、ふきはじめた。

「一回目と三回目は茶杓の表と裏を、二回目は両サイドをふく『三度ぶき』と決まってます。それから、茶杓は棗の上へ」

うわぁ、茶杓は長いし、棗のふたはまるいのに、よく落とさずにのせられ

るなぁ。

感心しているうち、剛くんは茶わんの中から茶筅（ちゃせん）を出した。それから左手でひしゃくを持ち、右手にはさんだ帛紗（ふくさ）で茶釜（ちゃがま）のふたをとって、ひしゃくをのせていた台の上へ。

なるほど。帛紗（ふくさ）は熱いものをさわるときにも役に立つし、蓋置（ふたおき）はひしゃくもふたも置けて便利。むだのないように、うまく考えられているんだなぁ。

あれ？　剛くん、茶わんの中から、小さくたたんだ白い布（ぬの）をとりだして、釜（かま）のふたに置いたよ。

「あれは『茶巾(ちゃきん)』といって、あとで茶わんをふくためのもの。『茶巾鮨(ちゃきんずし)』というお料理があるけど、五目鮨(ごもくずし)を包む薄焼(うすや)き卵(たまご)を、茶巾(ちゃきん)に見立てているからだそうよ」

へぇ。そんなところにも、茶の湯の影響(えいきょう)があるんだ。

あ、お茶わんにお湯を入れてる。茶筅(ちゃせん)でシャカシャカかきまぜてるし、いよいよお茶を点(た)てるのかな。でも、お抹茶(まっちゃ)はまだ入れてないよねぇ……。

「あれは『茶筅通(ちゃせんとお)し』よ。お茶を点(た)てる前に、茶筅(ちゃせん)の穂先(ほさき)を清めているの」

やがて剛くんは茶筅(ちゃせん)を離(はな)すと、中のお湯を建水(けんすい)に捨(す)てた。

それから、茶釜(ちゃがま)のふたから茶巾(ちゃきん)をとると、茶わんをふきはじめる。

はじめは、茶わんをまわしながら、外がわと縁(ふち)を。次に、茶わんの内がわを。

動きにむだがない。けれど、とってもていねい……。

「さあ、いよいよお待ちかね、お茶を点(た)てますよ」

みっちゃん先生はそういうと、すっと立ちあがり、水屋（みずや）に入っていった。
え？　お茶を点（た）てるっていうのに、どこへ行くの？

みっちゃん先生はすぐにもどってきた。両手で大きな鉢を持っていて、それをあたしの正面、畳のへりのむこうがわに置いた。

中に入っていたのは、茶色の和菓子。でも、おかしいな。

「どうして、お菓子が三つ入っているんですか？　お客は、あたしとママのふたりなのに」

「奇数にするためよ。古い中国の考えで、奇数は縁起のいい数なのよ。なので、ふたりでも三つ、四人なら五つ用意することになっているの」

なるほど。おかわりできるようにするためじゃないのね。

「茶の湯では、お菓子を先に食べてからお茶をいただきます。少人数のお茶会では、お菓子は、亭主が最初にお運びすることが多いのだけれど、それだと美咲ちゃんもお菓子が気になって、話が頭に入らないだろうから、今日は、いま運んできました」

みっちゃん先生、よくおわかりで。

「では、お菓子のいただき方を習いましょう。まず、亭主が……」

みっちゃん先生が剛くんに目をむけると、茶杓を手にした剛くんが、頭を少しさげた。

「お菓子をどうぞ」

「といったら、『正客』からお菓子をとっていきます」

正客っていうのは、茶会のお客さんのなかで、いちばんの人なんだって。その人は、亭主のいちばん近くに座っていて……。って、あたしじゃないの！

「で、とり方なんだけど、まず正客の美咲ちゃんは両手をつき、ナンバーツーのお客さま、つまり美咲ちゃんのママに顔をむけて、おじぎをする。

『お先に』っていいながら」

「お、お先に……」

おどおどするあたしに、ママはにやにやしながら。

「どうぞ」

「次に、正客は頭をさげたまま、お菓子の鉢を両手で軽く持ちあげ、また置く」

こ、こうかな？

「ここから懐紙の出番よ。懐紙をとりだし、畳のへりの内がわ、つまり自分のほうに置く。そして鉢の上のおはしでお菓子をひとつとり、懐紙のまんなかにのせる」

……ああ、なんか、ぽとっと落としそうでこわい。

「そうしたら、次のお客さまのために、おはしを清めます。やり方は、お菓子をのせた懐紙の、右上でも左上でもいいから、角を折って、そこでそっとおはしの先をぬぐうの。そう、そして、おはしを鉢の上にもどす」

そうか。次のお客さんのことを考えて、行動するんだね。

「そうしたら、鉢を、美咲ちゃんとママの中間に移す。そうそう、両手でね」

で、お菓子はいつ食べるんだろ。ママまでお菓子がまわってからかな？

「もう食べていいのよ。亭主は、あなたのためのお茶を点てはじめてますから」

見ると、剛くん、茶わんの中で茶筅をシャカシャカやってる。こんどはちゃんとお抹茶が入っているみたいで、あたしの席から、緑色のお茶が見えかくれしている。

「お菓子を食べるときは、両手で懐紙を持ちあげて食べましょう。もちろん手づかみはだめよ。黒文字を使ってね」

黒文字って、楊枝のことだったよね。

「干菓子といって、落雁やおせんべいみたいな、かわいたお菓子は、手でとって食べるのだけれど、今日、用意したのは、イノ

シシの子のような形をした『亥の子餅』。中にあんこが入ったやわらかい和菓子だから、黒文字を使わなくちゃいけないわ」

現在の十一月はむかしの暦で亥の月、つまりイノシシの月。さらに中国ではイノシシには火よけの力があるって考えられていたそうで。そこで、十一月の炉開きの茶会のときには、火事になりませんようにという願いもこめて、よく食べられるんだって。

「食べ終わったら、お菓子をのせていたいちばん上の懐紙だけをたたんで、ほかの懐紙にはさんで、持ち帰ります」

なるほど、自分のゴミは自分が持ち帰るというのは、お茶でも同じだね。

「さあ、いよいよお茶ができたようですよ」

みっちゃん先生の声に、顔をあげると、剛くんが右手に持った茶わんをあたしのほうへさしだすところだった。

で、茶わんを、あたしの正面、畳のへりのむこうがわに置いたんだけど。

うわぁ、このお茶わん、かわいい！

カボチャとオバケの絵が描いてある！

「特別にハロウィーンのお茶わんをご用意しました。茶道はかたくるしいものだって、思ってほしくないの。こういうのもアリなんだって」

うん、こんなお茶わんなら、気軽に茶道をはじめられるかも。

「さて、お茶のいただき方だけど、まず、お茶わんには『正面』があることを、おぼえて。といっても、絵のついたお茶わんはかんたんに見分けがつくわ。このお茶わんだと、大きなジャック・オー・ランタンの絵があるところが正面よ」

亭主はお客さんに、お茶わんの正面をむけて出すんだって。

「美咲ちゃんは、そのまま右手で茶わんをとって、畳のへりの内がわ、つまり自分のほうへ持ってくる。そして、次客の美咲ちゃんのママとのあいだに置いて……」

お菓子のときと同じように、両手を畳について、「お先に」とおじぎをするのね。

「そして、茶わんを自分の前に持ってきて、こんどは亭主にむかって『お点前ちょうだいいたします』といいながら、おじぎ。このときは深々と頭をさげるのよ」

「あ、はい……。お点前ちょうだいいたします」

すると、亭主の剛くんも、無言でおじぎ。

「じゃあ、いよいよ飲みますよ。まず、茶わんを右手でとり左手にのせて、

そこに右手をそえ、頭をさげながら、茶わんを少し高く持ちあげます」

こういうのを「おしいただく」っていって、感謝の気持ちを表すんだそうで。

「次に、右手で茶わんを時計まわりに、二度まわします。九十度以上まわればいいわ。そうやって、茶わんの正面に口をつけることをさけるの」

あー、これも、いかにも茶道って感じ！

「はい、それでは、お茶をいただきましょう。少しずつ、三回半にわけて飲むといいっていわれるけれど、だいたいでいいわ。それよりお抹茶をしっかり味わって」

お茶わんの中では、あざやかな緑色のお茶があわだってる。

なんか、苦そうだなぁ。でも、とにかく、飲んでみよう……。

あれ？　そんなに苦くない。

そうか、口の中に、さっき食べたお菓子の甘みがのこっているからだね。

それがミックスされて、ちょうどいい感じになるんだよ。

「最後は、ズッと音をたてて吸いきってください。それが、飲みきりましたっていう合図になりますから」

え？　なんか、はずかしい。でも、そういうことになっているのなら……。

ズッ。

「そうしたら、口をつけたところを、右手の人さし指と親指ではさむようにぬぐって」

直接、指で？　こ、こうかな？

「はい。で、その指を懐紙で清めたら、お茶わんを反時計まわりに二度まわす」

なるほど、お茶をいただく前のむきにもどすわけか。

よし、ジャック・オー・ランタンの絵が、あたしのほうをむいたよ。

「そして、茶わんを畳のへりのむこうがわに置いたら……」

「けっこうなお点前でした」

「あ、それはね、ふつうはいわないのよ」

え？　だって、テレビのドラマで、そういったの見たような。それに、茶道っていうと、このせりふがいちばん有名だと思うんだけど。

「そこがふしぎなのよね。でも、実際の茶会では、ほとんど聞かないわ」

そうなんだ……。

「それより、このあとは、お茶わんを拝見するの。まず両手を畳について全体を、それから手にとって細かいところを見るのよ。姿形や模様とか、お茶わんごとに、それぞれ特徴があるから、それを楽しむわけね」

なるほど。ふふふ、カボチャの絵もオバケの絵もかわいいね。

「はい。そうしたら、さっきと同じように茶わんを左手に持って、右手でまた時計まわりに二度、茶わんをまわして、茶わんの正面を亭主にむけてから、同じ場所にもどす」

はい、もどしました。

「はい、これで終わり。とってもよくできました！」

拍手をしてくれるみっちゃん先生のとなりで、ママもにっこり。

「どうだった、初めてのお茶は？」

「おいしかった！」

「手や茶わんの動かし方とか、あいさつとか、むずかしいと思わなかった？」

「ううん。たしかに、いろいろきまりがあるみたいだけど、でも、それは、そうするのが、いちばんシンプルだからなんじゃない？」

いまも剛くんは、あたしが使ったお茶わんに、お湯をそそいだり、茶筅をシャカシャカさせたりして、お茶わんを清めている。その動きも、きちんと決められているんだろうけど、おおげさなところはぜんぜんない。

「たぶん、動きやしぐさは、だれかに見せるために作られたんじゃなくて、それがいちばんむだがないからなんだと思う。でも、だからこそ、きれいに見えるっていうか……」

「すごい！　初めての茶の湯で、よくそこまで気がついたわね！」

みっちゃん先生が、両手を口にあてて、目をまるくしている。

「そうなのよ！　実は千利休(せんのりきゅう)もこういってるの。〝茶の湯は、湯をわかして、茶を点(た)てて飲むだけのこと〟って。シンプルがいちばん美しいのよ」

「でも、そういう茶の湯は、どうして生まれたんですか？　そこがふしぎで」

そうしたら、みっちゃん先生、にっこり。

「はい、それじゃあ、いよいよ、お茶の歴史(れきし)についてお話ししましょう」

「もともと、お茶は中国からやってきたの」

中国では二千年以上も前からお茶が飲まれていた。でも、それが日本に伝わってきたのは、千三百年ぐらい前、奈良時代らしい。

「奈良時代の前から、日本は中国の進んだ文化を学ぶために、学者やお坊さんを中国に送っていたの。遣隋使とか、遣唐使っていうんだけどね。その遣唐使のお坊さんが、お茶を日本に伝えたんじゃないかって、考えられているのよ」

日本ではそれからしばらくのあいだ、

お茶はお坊さんなど限られた人にしか飲まれていなかったようで。

「当時のお坊さんは、何日間にもわたってお経をあげたりして、かなりの重労働だったそうよ。それで、お茶を〝栄養ドリンク〟みたいに飲んでいたらしいの」

栄養ドリンク!?　うちのパパがよく飲んでる、茶色いビンに入ってるようなやつ？

「お茶には、栄養ドリンクと同じように、カフェインが入っているからねぇ」

そこで口をはさんできたのはママ。

「美咲、聞いたことない？　夜の試験勉強や、仕事をする人が、よくコーヒーを飲むって」

「知ってる。あと、寝る前にコーヒーを飲むと眠れなくなる、とか」

「それってコーヒーに入っているカフェインに、眠気覚ましや集中力アップの効き目があるからよ。そして、カフェインはお茶にも入っているの」

「なるほどねぇ。でも、お坊さん以外は飲まなかったのかな？」

すると、みっちゃん先生、こくっと首をかしげて。

「ごく一部の上流階級の人以外にはあまり流行らなかったみたい。お茶は飲み物というより、お薬や儀式、もてなし用として使われていたそうよ。そんなわけで、もっぱらお茶を飲むのはお坊さんで、栽培するのもお寺、という時代が続いたの」

そして、そのお茶というのは、抹茶じゃなかったんだそうで。

「抹茶は、中国でも古くから作られていた可能性はあるけど、流行したのは十一〜十二世紀ぐらいだそうよ。抹茶が日本に伝わったのは、鎌倉時代のはじめじゃないかしら」

鎌倉時代からは武士の時代。そのころから、武士たちもお茶を飲みはじめたんだって。そして、日本各地にお茶の名産地ができていったらしい。

「でも、そのことで、よくないことも流行しちゃったの」

よくないこと？

「賭けよ。ちょうど鎌倉時代から室町時代にうつり変わるころ、『茶勝負』とか『闘茶』といって、武士たちがお茶で賭けをはじめたの」

最初は、お茶を飲んで、その産地を当てた人に、ちょっとした景品が出るくらいだった。けれど、景品が砂金や刀、鎧などだんだん豪華になり、なかには、勝負に自分の全財産を賭けて、それを失う武士まで出てきてしまったらしく。

「後に室町幕府の将軍になる足利尊氏も、さすがにみかねて、禁止令を出したほどよ。そのせいもあって、茶勝負はいったん収まったのだけど……」

その後、こんどはその将軍が、豪華な茶会を開くようになっちゃったんだって。

「将軍のもとには、中国との貿易で、絵や陶器などの美術品が続々と集まっていたんだけど、それらは『唐物』と呼ばれて、お宝とされたの。それを、将軍は、きらびやかな御殿で茶会を開いては、大名や位の高いお坊さんたちに見せびらかしてたのよ」

室町時代の中ごろには、建物の造り方が、いまの和風建築のもとになった『書院造り』に変わって、落ちついたふんいきになったそうだけど。

「茶会がお金と権力を見せつける場所であることに、変わりはなかったわ。気に入った大名や家来に、唐物をあげることで手なずけたりもしていたそうよ」

将軍の力が弱まった戦国時代になっても、それは同じだったらしく。

「織田信長って知ってる？　天下統一をしかけた戦国武将だけど、彼は茶の湯の有名な道具を、もうれつな勢いで買い集めたの。『名物狩り』っていうんだけどね」

『名物』は信長の権力と富の象徴になったばかりか、合戦で手柄をあげた武将へのごほうびにも使われたんだって。

「茶道具の『名物』には、戦いのごほうびとして、お城や国をもらう以上の価値がある。そう気づいた家来の武将たちは、きそって茶の湯を習うようになった。そんな家来のひとりが、後の豊臣秀吉。そして、秀吉が茶の湯の先生としてやとったのが、千利休だったの」

おお、ついに千利休が登場！

でも、おかしいな……。

「そのころの茶の湯と千利休の茶の湯は、ぜんぜんちがうように思えるんですけど」

「そのとおり！　じゃあ、どこから千利休の茶の湯が生まれたのか。それをお話しするわ」

「実は室町時代には、一般の人々のあいだにもお茶を飲む習慣が広まっていたの」

お茶を栽培しているお寺が、お参りに来た人に門前でお茶をふるまったのをきっかけに、『茶店』ができた。

それが、やがて旅人が通る場所にも開かれるようになっていったらしい。

「京都の宇治茶は、有名だけれど、その宇治川にかかる橋のたもとには、このころにできた茶店がいまもあるわよ。さらに、町にはお茶の行商人も現れた」

それは、その場でお茶を点てて、飲ませてくれる『歩くカフェ』みたいなもの。値段は『一服一銭』。いまのお金で一杯二百円ぐらいだったらしい。

「やがて、自分でお茶を点てる人々も増えていったの」

ただ、その広がり方に、二種類、あったんだって。

ひとつはお金持ちの商人たち。彼らは、将軍や武将をまねて、唐物や名物を集めては、豪華な茶会を開いた。

その一方で、そまつな道具で、純粋にお茶を楽しむふつうの人たちもいた。

「そのなかに珠光という人がいてね。唐物や名物ではなく、どこにでもあるような茶わんや道具を使うことこそが美しい茶の湯だ、そう考えたの。これが『侘び茶』のはじまりとされているんだけど。美咲ちゃん、『わび』とか『さび』ってわかる？」

「いいえ。それも知りたくて、ここに来たんです」

「『わび』っていうのは、『わびる』という言葉から生まれたの」

そして『わびる』の意味は、もともと『必要なものがたりない、思いどおりにならなくてさみしい』ということだったんだって。

「たとえば、美咲ちゃん、ひとりぼっちで、さびしいなと思ったことない？」

そういえば、このあいだ、学校から帰ったらママがいないことがあったっけ。なかなか帰ってこないし、おやつもなくて、お家にたったひとりで、さびしかった……。

「そのとき、なにをしてたの？」

「特にはなにも。うす暗いお部屋で、窓の外を見てました。でも、だんだん日が暮れていって、夕焼けがきれいだなぁって……」

「それよ！　そういう美しさが『わび』なのよ！」

え？

「この茶室もそう。せまくて、窓も小さくて、光もとぼしくて、お茶をいただくのに、必要最小限のものしかないけど、だからこそしみじみとする。それが『わび』なの」

そ、そうなんだ……。

「そして『さび』だけど。美咲ちゃんは通学にはランドセルを使ってるのかしら？」

「はい、一年生のときからずっと」

「じゃあ、四年生のいまは、だいぶくたびれてきたでしょうね？」

「ですね。だいじにしているつもりですけど、あちこち傷がついちゃって」

「新しいのがほしい？」

「あ、それはないです。古びてはいるけど、そこにまた愛着があるっていうか……」

「それよ！」

わっ、また……。

「この世のものはすべて、時がたつにつれて、欠けたり、汚れたりするけれど、その変化にこそ美しさがある、それが『さび』なのよ！」

みっちゃん先生、めちゃくちゃ力が入ってます……。

「そんな『わび』と『さび』の精神を茶の湯に取り入れたのが、珠光の『侘び茶』。そして、その影響を受け、完成させたのが、千利休だったの」

もともと千利休は、堺（現在の大阪府堺市）の商人の家の生まれ。長男として、十九歳のとき、宗易っていう名前で千家を継いだんだって。

江戸時代初期の堺。住吉大社（大阪府大阪市）から堺に向かう夏祭りの行列を描いている。「住吉祭礼図屛風」（堺市博物館蔵）

「そのときにはもう茶の湯を熱心に習っていたけど、それは堺の豪商たちのあいだで商売をするのに必要だったからよ」

けれど、利休は、商売に成功して豪商の仲間入りをしても、唐物や名物を買い集めなかった。反対に、珠光にならって、ふつうのお茶の楽しみ方を研究した。

「たとえば食事。茶会は『いっしょにご飯を食べませんか？』と誘って、そのあとでお茶をいただくという形式で開かれることが多かったんだけど……」

武将や豪商たちの食事は、たくさんの料理が次々と出てくるフルコース。

でも、ふつうの人々にはそんなことはできるわけがない。

「せいぜい、ごはんとお汁、メインのおかずがひとつに小さなおかずが二品。それをひとつのお膳にのせた、一汁三菜の定食みたいなものだった。利休はそれを取り入れたのよ」

おおお！　ママがいってた一汁三菜は、ここで出てくるのね！

「道具も同じよ。唐物とか名物なんて、ふつうの人には手に入らない。だったら、作ってしまいましょうと、これはと思う職人たちに作らせたの」

なかでも有名なのが、瓦職人に作らせた黒と赤の『楽茶碗』というもの。

「唐物の華やかさも、名物の由緒正しさもない。ぶ厚くて、作った手のあとがのこっているかのような無骨なお茶わん。でも、そのおかげで、お湯の熱さも感じないし、抹茶の緑色があざやかに映える。こっちのほうが、ずっとすてき。利休はそう考えたの」

竹の花入れにいたっては、自分で作ったんだって。

「だから、お金はぜんぜんかかってない。しかも、利休は、わざわざ表面がひびわれた竹を使うことで、そこを模様に見立てたの。ひびわれは時間がたつにつれて、くすんで、模様が変化して見えていくわ。まさに『わび』と『さび』よ」

そんな利休が茶の湯を指導した豊臣秀吉が天下を統一して日本の支配者になったことで、大名たちはこぞって利休の茶の湯を習ったんだって。

さらに、秀吉は天皇にも侘び茶の茶会を紹介したらしく。

「利休っていう名前は、そのときつけられたものよ。豪商とはいっても、身分は一般人。そのままでは天皇の前に出られない。そこで天皇は特別な身分『利休居士』を与えたの」

ちなみに、そのとき秀吉が持ちこんだのが、室内に置く、金をふんだんに使った組み立て式の茶室。

「でも、金ぴかの茶室なんて、侘び茶どころか、ただの成金趣味じゃない？」

「よくそういわれるけれど、実際にそのお茶室に入ったら、ここと同じようにうす暗かったと思うわよ。広さは三畳ぐらいだから、ここよりせまいし、金という以外は、じゅうぶんに侘び茶の世界じゃないかと、わたしは思うわ」

ただし、そのお値段は、いまのお金で三億五千万円以上らしいけど！

「もうひとつ、秀吉と利休は、京都の北野天満宮で『北野大茶湯』という、大茶会を開いていてね。これも侘び茶とはほど遠いにぎやかなイベントだという人がいるの」

　有名な茶人でも一般の人でも、だれでも参加できたことから、お客さんの数は一日で八百人を超えたっていうんだから、たしかに派手だよね。

「自由参加だから、名物や唐物をならべた豪華な茶席も、侘び茶の茶席も、両方あった。けれど、秀吉は侘び茶の席のほうを気に入ったと伝わっているわ」

「豊臣秀吉は、千利休の侘び茶が、ほんとに好きだったんですね」

「ええ。ところが、最後に利休は秀吉に切腹させられてしまうの」

切腹!? いったいどうして?

「いろいろな説があって、はっきりした理由はわかってないわ。でも、秀吉は利休を罰しても、利休の侘び茶をやめさせたりはしなかった。その証拠に、切腹から三年後、秀吉は取りあげた利休の茶道具を、利休の孫にあたる千宗旦に返しているの」

宗旦は、利休の侘び茶をさらに磨きあげたうえ、三人の息子に後を託した。

「その三人が、それぞれ『表千家』

『裏千家』『武者小路千家』という流派をおこして、いまにつながっているというわけ」

あっ、それそれ！　さっきから気になってたんだよね。

「表とか裏とか、どうしてそんな名前になったんですか？」

「場所からついた名前よ。武者小路千家は、京都の武者小路通にあるから。表千家と裏千家は……。実際に行ってみましょう。見ればわかるから」

みっちゃん先生がママとあたしを連れていってくれたのは、京都の町のちょっと北のほうにある『寺之内通』というところ。

「表千家は、この通りの北側にあるんだけど、もともとはこの通りに面したところに門がしつらえてあったの。そして、裏千家はさらにそのむこうにあって、そこへ行くには、表千家の横をぬけていかなければならなかったんですって」

「それじゃあ、通りの表にあったから表千家で、その裏にあったから裏千家？」

脱力……。そんな単純なことだったなんて……。

「でも、そのあと、門の位置が変わったの」

みっちゃん先生は、通りを右にまがった。すると、急に足もとが石畳の道に。

右には木の塀が続いて、いかにも京都らしい、和のふんいきがただよっている。

「これが表千家の門。もとは紀州家という徳川将軍の一族のお屋敷の門だったそうよ」

瓦屋根と、あめ色の木のとびらがりっぱ！　歴史を感じさせるなぁ。

「そして、ここから五十メートルほど進んだところにあるのが、裏千家の門」

表千家表門（京都府京都市）

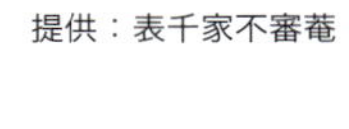

提供：表千家不審菴

裏千家表門（京都府京都市）

こちらは、表千家の門より、ひとまわり小さい。高さも低いし、屋根が瓦じゃない。

「檜皮葺きといって、檜の皮を重ねた屋根よ。江戸時代の終わりごろに、裏千家の家元が建てたものなので、茶人らしく落ちついてるわね」

なるほど、表千家と裏千家は、いまは表と裏じゃなくて、おとなりどうしなんだね。

「でもね、この門ができて数十年とたたないうちに、茶道はすたれかけたのよ」

それが明治維新。茶道は古くさい武士の文化で、西洋の国々とつきあう新しい時代にはふさわしくない。明治政府はそう考えたんだって。

「そこで千家の人々は明治政府に茶道を売りこんだの。外国とつきあうのなら、そのおもてなしに、日本の伝統文化の茶道が役に立つはずって」

そのために、イスとテーブルで開くお茶会も考案したんだって。なるほど、それなら、外国人も茶の湯を楽しめるよね。

「でも、みっちゃん先生。テレビで見たんですけど、海外からの観光客が、いっしょうけんめい正座(せいざ)して、お茶を飲んでました」

「茶の湯を通して、日本独特(どくとく)の『わび』『さび』を理解(りかい)したい方も多いそうよ。わたしたちが外国に行っても、『わび』『さび』のことを聞かれることもあるから」

そうなんだ！　あたし、絶対(ぜったい)に答えられない自信ある。だったら……。

「あたしも、茶道(さどう)、習ってみようかな」

「まあ、うれしい！　ぜひぜひ！」

「ほんと。若(わか)い人が茶の湯を継承(けいしょう)してくれれば、抹茶(まっちゃ)も安心だわ」

「え？　ママ、それ、どういう意味？」

「だって、江戸(えど)時代にはもう〝お茶といえば煎茶(せんちゃ)〟だったのに、抹茶(まっちゃ)が生き残ったのは、茶の湯で使われたからなのよ。もし茶の湯が消えたら、抹茶(まっちゃ)アイスも抹茶チョコも抹茶ラテも、なくなっちゃうかもしれないわ」

うわぁ、それはこまる！

『わび』『さび』『抹茶スイーツ』、ぜーんぶ、日本の大切な文化だものね！

心静かに、お茶をいただく。茶道に息づく日本人の美意識

せまい茶室にゆっくりと流れる時間──。
日本の「おもてなし」の心を体現し、
一期一会の出会いを大切にしてきた茶道の魅力！

侘び茶の完成者・千利休

千利休は、一五二二年、堺の商人の家に生まれました。商人としての教養のため、十七歳のころから茶の湯を習いはじめます。十九歳のとき父が亡くなり、家を継ぎ、宗易と名乗るようになります。

一五四四年、利休ははじめての大きな茶会を開きます。この茶会で利休は、侘び茶の創始者・村田珠光の茶碗を使ったと伝えられています。当時から利休の感性は、侘び茶に強くひかれていたようです。

一五七〇年ごろになると、利休はほかのふたりの茶人とともに、天下統一を目指す織田信長に仕えはじめます。一五七四年に信長が京都の相国寺で開いた茶会に、利休も参加しています。

一五八二年の本能寺の変で信長が討たれると、豊臣秀吉が天下を統一し、利休は秀吉に仕えるようになります。利休は秀吉に茶の湯を指導するだけでなく、秀吉の側近として重用されはじめ、次第に利休の名は天下に知られるようになり、彼の茶の湯も広まっていくことになります。

一五八五年、秀吉が宮中で茶会を開くことになり、利休は天皇から「利休居士」の名を与えられます。これによって、利休は名実ともに茶の湯の第一人者としての地位を確立します。

秀吉との関係は良好のはずでしたが、利休は突如秀吉の逆鱗に触れ、一五九一年に切腹を命じられ、その生涯を閉じます。七十歳でした。

その後、利休の茶の湯は孫の千宗旦に引き継がれ、彼の三人の息子が「表千家」「裏千家」「武者小路千家」という流派をおこし、いまにいたっています。

千利休（堺市博物館蔵）

茶道の流派

みっちゃん先生は、裏千家の先生でしたが、茶道にはたくさんの流派があります。そのなかでも代表的な流派は「表千家」「裏千家」「武者小路千家」の三千家です。千利休の流れをくむ三千家ですが、長い歴史のなかで、それぞれの特色が生まれてきました。伝統を重んじる表千家に対し、裏千家は革新的、武者小路千家は無駄のない、合理的な所作に特徴があるといわれています。

また、道具や作法にも少しずつ違いがあります。たとえば帛紗ですが、裏千家は男性が紫、女性が赤ですが、表千家と武者小路千家は男性が紫、女性が朱色が基本です。

ほかに、歩き方やすわり方にも、それぞれの特色から違いが生まれました。

三千家の違い

	表千家	裏千家	武者小路千家
帛紗	男性は紫 女性は朱色	男性は紫 女性は赤	男性は紫 女性は朱色
茶筅	煙でいぶされた煤竹を使用	白い竹を使用	黒い竹を使用
席まで歩くとき	左足から	右足から	入り口の柱側の足から
すわり方	女性はこぶしひとつ分、男性は安定する広さにひざを開いてすわる	女性はこぶしひとつ分、男性はこぶしふたつ分ひざを開いてすわる	女性はひざを閉じて、男性はこぶしひとつ分ひざを開いてすわる

海外に広がる茶道

みっちゃん先生が話していたように、明治時代になると、茶道はすたれかけます。茶道の支援者であった大名や上級武士がいなくなったこと、西洋文明の流入で、日本の伝統文化が軽視されるようになったことが大きな理由です。しかし、千家の人々は茶道の魅力を海外にアピールすることで、復活の道をさぐりました。

一八七三年、ウィーン万国博覧会が開かれ、日本は初めて万博に参加します。ここで日本庭園が造られ、大きな評判を呼びました。また、イスとテーブルでお茶を楽しむ「立礼式の点前」が考案されたのもこのころで、海外の人々に茶道に触れてもらう目的があったと考えられます。

いまでは、海外に千家の支部が置かれ、各国で茶道が親しまれていますし、来日した旅行客にも茶道体験が人気です。日本の「わび」「さび」の美意識が、世界中の人々に受け入れられています。

ウィーン万国博覧会の日本館

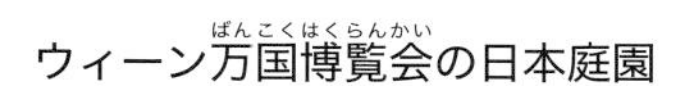

ウィーン万国博覧会の日本庭園

石崎洋司｜いしざき ひろし

東京都生まれ。慶應義塾大学経済学部卒業。『世界の果ての魔女学校』で野間児童文芸賞、日本児童文芸家協会賞、『「オードリー・タン」の誕生 だれも取り残さない台湾の天才IT相』（以上、講談社）で産経児童出版文化賞JR賞受賞。主な著書に、「黒魔女さんが通る!!」シリーズ（講談社青い鳥文庫）、「講談えほん」シリーズ、「陰陽師東海寺迦楼羅の事件簿」シリーズ、『おはなしSDGs 安全な水とトイレを世界中に 水とトイレがなかったら？』、翻訳の仕事に『クロックワークスリーマコーリー公園の秘密と三つの宝物』（以上、講談社）などがある。

十々夜｜ととや

イラストレーター。富山県生まれ、京都府育ち。児童書の装画を中心に、キャラクターデザインや教材の挿絵など幅広く活躍中。児童書の仕事では「シニカル探偵 安土真」シリーズ（齊藤飛鳥／作　国土社）、『生き抜け！遭難の五日間』（山口理／作　文研出版）、『歴史人物ドラマ 渋沢栄一 日本資本主義の父』（小沢章友／作　講談社青い鳥文庫）などがある。

おはなし日本文化　茶道

茶の湯、やってみた！

2024年12月17日　第1刷発行

作　石崎洋司
絵　十々夜

発行者　安永尚人
発行所　株式会社講談社
〒112-8001 東京都文京区音羽2-12-21
電話　編集 03-5395-3535
販売 03-5395-3625
業務 03-5395-3615
印刷所　共同印刷株式会社
製本所　島田製本株式会社

KODANSHA

N.D.C.913 79p 22cm ©Hiroshi Ishizaki / Totoya 2024 Printed in Japan ISBN978-4-06-537664-5

ブックデザイン／脇田明日香　コラム／編集部